CRY POP Y PRY COP

AF729056

Cyhoeddwyd gyntaf yng Nghymru yn 2025 gan
Atebol Cyfyngedig, Adeiladau'r Fagwyr,
Llanfihangel Genau'r Glyn, Aberystwyth, Ceredigion SY24 5AQ

Dyluniwyd gan Tanwen Haf

Golygwyd gan Adran Olygyddol Cyngor Llyfrau Cymru

ISBN - 9781801065542

Dymuna'r cyhoeddwr gydnabod cymorth ariannol Cyngor Llyfrau Cymru

atebol.com

CYMYSGEDD
Papur | Yn cefnogi coedwigaeth gyfrifol
FSC® C014540
FSC www.fsc.org

atebol

CRY POP Y PRY COP

GWEN SAUNDERS COLLINS

GARETH BROWN

Dewch i gwrdd â Cry Pop,

y pry cop, sy'n colli dim!

Mae ganddo
wyth coes flewog,

sy'n hir, yn gryf a chwim,

Does dim pry copyn tebyg
i hwn drwy'r byd i gyd.

Mae'n symud yn gyflymach

na phob car sydd ar y stryd.

Ei lygaid craff a disglair
sy’n anferth uwch ei drwyn,

wrth chwilio am rywle i guddio,

am antur,

sbort

a swyn.

Ei we sy'n **fawr** a lliwgar,

ei we sy'n llawn o hud,

a dyma pam mai Cry Pop

yw'r cryfaf yn y byd!

Mae'n cuddio'n slei a thawel

dan ben-ôl tarw mawr ...

... yn chwarae mig am oriau

yng nghesail **boeth** hen gawr.

I fyny trwyn sy'n llawn o snot ...

... i lawr corn gwddw siarc ...

Cry Pop sydd yno'n cuddio,

heb adael yr un marc.

Mae'n cydio'n ffwr y llewpard,

sy'n rhedeg yn ddi-stop.

Oes smotyn arall yno?

Nag oes -

dyna Cry Pop!

Mae'n swatio mewn barf hir a brown,
llawn briwsion o hen fwyd,

Cry Pop sy'n
ddigon clyfar
i ddianc rhag
pob rhwyd.

Ym motwm bol **gorila** ...

... dan ewinedd hir y gath,

... Cry Pop sy'n bry cop dewr a chryf,

a'r unig un o'i fath!

A does dim pwrpas casglu concyrs oddi ar y coed –